Disparition Programmée

FichesdeLecture.com

Disparition Programmée (Fiche de lecture)

I. INTRODUCTION

Roland Smith est un auteur américain né en 1951 à Portland, dans l'Oregon. Après ses études secondaires, il étudie à la *Portland State University* et travaille au zoo de l'Oregon. Il y passera 20 ans de sa vie, en tant que gardien, et participera ensuite au sauvetage de la faune après la marée noire d'Exxon Valdez. C'est d'ailleurs à partir de cette expérience qu'il écrit son premier roman, *La Loutre de mer de sauvetage*. En 1997,. Ses thèmes de prédilection sont alors l'Afrique et ses grands animaux. Ses deux livres suivants, *Jaguar* et *The Last Lobo*, portent également sur ces sujets. Roland Smith a de nombreuses fois gagné le « Livre de l'année » dans le Colorado, le Nevada, la Caroline du Sud, la Floride et, évidemment, son état natal l'Oregon.

Disparition programmée est un roman de Roland Smith paru pour la première fois en 2003. S'articulant de manière originale autour du « Dispositif de Protection des Témoins » préconisé par le F.B.I., il met en scène Jack Osborne, un jeune garçon contraint de changer d'identité pour sa propre sécurité. L'auteur écrira une suite à l'œuvre quatre ans plus tard, mais avec un succès plus mitigé.

II. RÉSUMÉ

Jack Osborne commence son récit en expliquant que lui, sa mère et sa sœur prennent l'avion en toute vitesse. Il revient ensuite sur les évènements qui ont précédé cette fuite. Un soir, des hommes ont pénétré dans sa maison pendant qu'il dormait. Les malfaiteurs l'ont ligoté en compagnie de sa mère et sa sœur, et ont téléphoné à son père. Les policiers sont arrivés bien après que les hommes masqués aient pris la fuite, et ont placé la famille de Jack dans un hôtel. Ils apprennent alors que le père de famille est mêlé à un sombre trafic de drogue, et qu'il va falloir qu'ils changent d'identité. Avant de prendre l'avion et de quitter leur ville natale, ils rendent une dernière visite au père de Jack et Jeanne, qui leur demande de se soumettre sans résistance au « Dispositif de Protection des Témoins ». Jack repasse par sa maison une dernière fois, le temps de prendre la boîte en bois où il conserve ses journaux intimes, et le Commandant PIF, un petit astronaute en bois que son père lui avait fabriqué il y a quelques années.

Les Osborne deviennent alors les Granger, et Jack se voit obligé de porter le nom de Zach. Il refuse cependant de se teindre les cheveux, comme sa mère et sa sœur, nouvellement appelées Mary et Wanda. Ils apprennent alors que leur père a effectué de nombreux vols pour Alonzo Aznar, un dangereux trafiquant de drogue. Mais, aujourd'hui qu'il était décidé à témoigner contre le criminel, il valait mieux que sa famille soit à l'abri de toutes représailles. Ils prennent alors l'avion du début de l'histoire, direction Elko, une petite ville du Nevada. Mary va ouvrir une librairie, et les enfants seront obligés de se faire de nouveaux amis, ce qu'ils ne vivent pas bien du tout… Mais ils y sont obligés.

Les policiers qui les accompagnent les mettent bien en garde : ne jamais dévoiler leur véritable identité, au risque de devoir à nouveau changer de ville. Zach se balade alors en ville, et rentre dans son nouveau collège, fermé pour les vacances. Il y rencontre Sam Sebesta, le concierge, qui possède un atelier sous la grande scène de théâtre de l'école. Pendant ce temps, les hommes d'Aznar tentent par tous les moyens de retrouver la trace des Osborne-Granger, mais sans succès… Vient alors le jour où Zach rentre à l'école. Il reste assez en retrait, mais remarque très vite Cataline, une jeune fille de sa classe dont il tombe instantanément amoureux… Durant l'après-midi, il se bat avec Peter Short, un mauvais élève qui ne voulait pas le laisser accéder à son casier. Zach est alors emmené chez Sam, qui lui dit de frapper dans un punching-ball pour évacuer sa colère. Le jeune garçon se calme, mais il perd aussi le Commandant PIF durant la bagarre, et n'ose pas dire à Cataline, qui l'a ramassé, que la figurine lui appartient…

Zach commence alors à se faire de nouveaux amis, notamment Darrell, un jeune passionné de jeux vidéo et de chasse. La nouvelle de sa bagarre avec Peter lui attire la sympathie de nombreux enfants et parents. En rentrant chez lui, il y découvre Sam, qui discute avec sa mère. En plus d'être concierge, il est aussi entrepreneur, et va aider Mary pour la mise en place de sa librairie. Zach pourra aussi avoir un peu d'argent de poche en allant travailler dans la maison que Sam est en train de rénover dans la ville.

Après une journée de travail, le jeune garçon est invité par le concierge à partager un repas avec lui, à l'hôtel Nevada, à côté de la maison. Il s'agit d'un établissement tenu par des Basques venus d'Europe. Zach a la surprise d'y croiser Cataline, qui est la fille des tenanciers... Pendant ce temps, les hommes d'Aznar épient l'avocate de la famille Osborne dans leur ville d'origine, tentant sans succès de retrouver les fugitifs...

Zach et Darrell sont alors engagés comme machinistes pour la pièce de théâtre annuelle du collège. De l'autre côté des États-Unis, les hommes d'Aznar parviennent enfin à retrouver la trace des Osborne, et partent pour le Nevada...Un jour, Peter pénètre dans la maison en rénovation de Sam, et vole un des journaux intimes de Zach qu'il avait laissé dans son sac. Quelques jours plus tard, Zach pénètre en salle de cours et remarque une inscription sur le tableau « Le Commandant PIF était ici ! ». Personne n'était au courant de l'existence de sa figurine. Il prend peur mais ne parvient pas à trouver d'explication... Le soir même, Peter est accosté par un homme vêtu de noir qui lui demande s'il n'y a pas eu de nouveaux élèves dans son école...

Pendant ce temps, Wanda et sa mère décident de partir à Los Angeles quelques jours afin de se rendre à la foire du livre de la ville. Zach reste à Elko et découvre une nouvelle inscription de son journal intime au tableau. Il se rend alors compte qu'on lui a volé un de ses cahiers... Mais en essayant de le retrouver, il découvre un autre cahier dans sa boite à journaux, accompagné d'une lettre de son père. Il s'agirait d'informations confidentielles, à ne jamais divulguer. Il garde alors le précieux document sur lui. Le lendemain, Peter lui avoue qu'il a volé son journal, et menace de révéler leur véritable identité s'il ne rompt pas avec Cataline. Mais, impatient, Peter se rend à l'hôtel de l'homme étrange et lui dit tout. L'individu, qui s'avère être Alonzo Aznar lui-même, bâillonne le jeune garçon et l'enferme dans son jet privé, avant d'aller à la recherche de Zach et de sa famille. Ce dernier panique, sans nouvelle de Peter, et décide de tout raconter à Sam, qui est en réalité un ex-agent du KGB. Finalement, Alonzo et ses hommes retrouvent Zach, et font Cataline et son grand-père prisonniers. Sam accompagne alors le jeune garçon et les trafiquants dans son atelier en dessous de la salle de théâtre.

Agissant avec ruse, Sam et Zach parviennent à maîtriser les trois malfaiteurs, en ouvrant des trappes secrètes au-dessus d'eux, qui laissent tomber le lourd punching-ball sur les criminels. La police les arrête alors, mais Alonzo possède encore de nombreux contacts, et la famille Granger est forcée de déménager à nouveau, abandonnant Sam et Cataline... Dans l'avion qui les mène vers une nouvelle cachette, Wanda et Zach ont l'incroyable surprise de retrouver leur père, libéré, qui va les accompagner dans leur deuxième ville de protection... Les Osborne deviennent à présent les Greene, et l'on ne sait où ils vont mener leur nouvelle existence...

III. PRÉSENTATION DES PERSONNAGES

Jack Osborne – Zach Grangier

Jack est le personnage principal du roman. C'est un jeune garçon comme tous les autres, avec ses passions et ses idéaux. Passionné de « héros volants », il possède un ami semi-imaginaire : la Commandant PIF, une petite statuette en bois de 2 cm et demi. Mais cette amitié étrange découle surtout du fait que cette figurine provient de son père, qu'il apprécie beaucoup, mais qui n'a jamais été très présent près de sa famille. Jack, nouvellement nommé Zach, n'est pas particulièrement extraverti, mais sa timidité ne se révèle dérangeante que lorsqu'il change d'école. En effet, il possède un caractère ingénieux, courageux et humble, mais son âge et son déracinement géographique l'empêchent malheureusement de les démontrer ouvertement.

Il apparaît également sensible à la cause des minorités (son attachement aux Basques des montagnes), ainsi qu'à la bonne tenue de ses relations (il va serrer la main de son ennemi). Au final, Jack-Zach est un personnage aux portes de l'adolescence, auquel le lecteur peut très facilement s'identifier. Son caractère bienveillant fait ainsi de lui un protagoniste attachant, réaliste et appréciable de tous.

Patricia-Mary et Jeanne-Wanda

La sœur et la mère du héros sont également identifiables selon ce principe. Elles présentent toutes les qualités que l'on peut attribuer à ces membres de la famille (gentillesse, bienveillance, amour) mais également certains défauts répandus (*surprotectionnisme*, espièglerie, etc.). De ce fait, le lecteur peut facilement catégoriser ces personnages, et les trouver adaptés à l'histoire et à la lecture. Patricia et sa fille sont, en outre, extrêmement courageuses et fières, et semblent toutes deux des personnifications de la « mère-courage » ainsi que de la « sœur-bravoure ».

Grâce à ces trois caractères peu différents et assez réalistes, la famille Osborne-Granger apparaît aux yeux du lecteur comme une entité stable, réelle, au sein de laquelle il pourrait lui aussi évoluer.

Sam Sebesta

Sam Sebesta est un personnage-clé de l'histoire. À mi-chemin entre l'univers normal des Osborne et la vie mouvementée des Osborne par son statut d'ex-espion, il est en quelque sorte le père de substitution de Jack. C'est lui qui l'aide à évacuer sa colère, à connaître les Basques et, surtout, à se protéger d'Aznar et ses hommes. Cependant, son rôle se dévoile de manière un peu abrupte, et on pourrait très bien penser qu'il n'était pas là par hasard.

Cataline

Toujours dans cette logique d'identification du lecteur, le personnage féminin dont s'éprend le héros ne pouvait manquer. Ici, il s'agit de Cataline, une jeune Basque. Son caractère passionné en fait le miroir de Jack, mais il sera obligé de l'abandonner en fin de récit. Elle n'a donc qu'un simple rôle de soutien au héros dans cet ouvrage.

IV. AXES DE LECTURE

Un thriller de jeunesse

Disparition programmée peut être considérée comme un thriller pour jeunes adolescents. En effet, l'ouvrage reprend toutes les ficelles du genre. Une histoire à suspens, des personnages attachants (cfr. Analyse des personnages), des rebondissements nombreux, un danger imminent, etc. Grâce à son écriture naturelle et limpide, Roland Smith nous livre donc un roman angoissant, prenant, qui tente d'accrocher le lecteur jusqu'à la dernière page, sans aucun moment de répit. En ce sens, on peut donc tout à fait lire *Disparition programmée* comme un livre répondant à toutes les exigences du thriller, mais qui possède également des éléments spécifiquement adaptés au public de jeunesse. En effet, le fait que le héros principal soit un jeune garçon enjoint le lecteur à s'identifier à l'histoire de manière plus prégnante que si les protagonistes avaient été des adultes. Mais, par cette *contrainte* thématique, l'auteur a forcément du adapter son vocabulaire et sa syntaxe, en tentant de ne pas le faire au détriment de l'aventure.

Nous sommes donc en présence d'un livre d'aventures modernes, plein de stress et de retournements de situation, mais qui doit s'adapter au jeune public. C'est pour cela que l'auteur a choisi de débuter chaque chapitre (ou presque) par un extrait du journal intime de Jack. Ce faisant, il rappelle à intervalles réguliers que la trame de l'histoire se concentre sur un jeune garçon. En effet, la proximité de la mort ainsi que de la drogue devrait à priori cantonner ce genre à un public plus âgé. Mais Roland Smith parvient brillamment à désamorcer l'ambiance malsaine en reliant chaque avancée du héros à son journal intime, objet que l'on imagine plus aisément dans les mains d'un enfant que d'un adulte. Le mélange roman de jeunesse-thriller adulte est alors brillamment et subtilement réussi.

Le changement d'identité

Disparition programmée permet également d'attirer l'attention du lecteur sur un phénomène particulier : le changement d'identité. Dans le cas d'un roman, le procédé est encore plus prenant, puisque le lecteur a le choix de conserver ou pas le premier nom du personnage lorsqu'il lit. *Disparition programmée* accentue encore plus encore cette technique, grâce à la proximité phonique des noms « Jack » et « Zach ». Dès lors, on a le choix. Soit il s'agit de deux protagonistes étudiés séparément (ils présentent des caractères foncièrement différents) soit il s'agit d'un dédoublement de personnalité (et une lecture plus « psychologique » pourrait alors être utile). L'ouvrage de Roland Smith permet donc plusieurs lectures différentes, en fonction du point de vue choisi.

Le Fantôme de l'Opéra

Le roman de Roland Smith est également un hommage non déguisé au *Fantôme de l'Opéra* de Gaston Leroux. L'auteur reprend en effet certains passages de l'œuvre en les modernisant : le lustre qui tombe dans l'original devient un punching-ball, le personnage vivant en dessous de la scène est ici un ancien espion, etc. Une lecture plus approfondie permettrait encore de retrouver des parallèles entre le célèbre roman de Leroux et l'ouvrage de Smith, notamment au niveau des relations inter-personnages. Il est cependant à noter que, contrairement à *Disparition programmée*, le *Fantôme de l'Opéra* s'inspire de faits bel et bien réels...

Dans la même collection en numérique

Les Misérables

Le messager d'Athènes

Candide

L'Etranger

Rhinocéros

Antigone

Le père Goriot

La Peste

Balzac et la petite tailleuse chinoise

Le Roi Arthur

L'Avare

Pierre et Jean

L'Homme qui a séduit le soleil

Alcools

L'Affaire Caïus

La gloire de mon père

L'Ordinatueur

Le médecin malgré lui

La rivière à l'envers - Tomek

Le Journal d'Anne Frank

Le monde perdu

Le royaume de Kensuké

Un Sac De Billes

Baby-sitter blues

Le fantôme de maître Guillemin

Trois contes

Kamo, l'agence Babel

Le Garçon en pyjama rayé

Les Contemplations

Escadrille 80

Inconnu à cette adresse

La controverse de Valladolid

Les Vilains petits canards

Une partie de campagne

Cahier d'un retour au pays natal

Dora Bruder

L'Enfant et la rivière

Moderato Cantabile

Alice au pays des merveilles

Le faucon déniché

Une vie

Chronique des Indiens Guayaki

Je voudrais que quelqu'un m'attende quelque part

La nuit de Valognes

Œdipe

Disparition Programmée

Education européenne

L'auberge rouge

L'Illiade

Le voyage de Monsieur Perrichon

Lucrèce Borgia

Paul et Virginie

Ursule Mirouët

Discours sur les fondements de l'inégalité

L'adversaire

La petite Fadette

La prochaine fois

Le blé en herbe

Le Mystère de la Chambre Jaune

Les Hauts des Hurlevent

Les perses

Mondo et autres histoires

Vingt mille lieues sous les mers

99 francs

Arria Marcella

Chante Luna

Emile, ou de l'éducation

Histoires extraordinaires

L'homme invisible

La bibliothécaire

La cicatrice

La croix des pauvres

La fille du capitaine

Le Crime de l'Orient-Express

Le Faucon malté

Le hussard sur le toit

Le Livre dont vous êtes la victime

Les cinq écus de Bretagne

No pasarán, le jeu

Quand j'avais cinq ans je m'ai tué

Si tu veux être mon amie

Tristan et Iseult

Une bouteille dans la mer de Gaza

Cent ans de solitude

Contes à l'envers

Contes et nouvelles en vers

Dalva

Jean de Florette

L'homme qui voulait être heureux

L'île mystérieuse

La Dame aux camélias

La petite sirène

La planète des singes

La Religieuse

À propos de la collection

La série FichesdeLecture.com offre des contenus éducatifs aux étudiants et aux professeurs tels que : des résumés, des analyses littéraires, des questionnaires et des commentaires sur la littérature moderne et classique. Nos documents sont prévus comme des compléments à la lecture des oeuvres originales et aide les étudiants à comprendre la littérature.

Fondé en 2001, notre site FichesdeLectures.com s'est développé très rapidement et propose désormais plus de 2500 documents directement téléchargeables en ligne, devenant ainsi le premier site d'analyses littéraires en ligne de langue française.

FichesdeLecture est partenaire du Ministère de l'Education du Luxembourg depuis 2009.

Plus d'informations sur www.fichesdelecture.com

ISBN: 978-2-511-02976-3

Notes :